A Rookie reader® español

Un diente está flojo

Escrito por Lisa Trumbauer
Ilustrado por Steve Gray

Children's Press®
Una división de Scholastic Inc.
Nueva York • Toronto • Londres • Auckland • Sydney
Ciudad de México • Nueva Delhi • Hong Kong
Danbury, Connecticut

Estimado padre o educador:

Bienvenido a Rookie Ready to Learn en español. Cada Rookie Reader de esta serie incluye páginas de actividades adicionales ¡Aprendamos juntos! que son apropiadas para la edad y ayudan a su niño(a) a estar mejor preparado cuando comience la escuela. *Un diente está flojo* les ofrece la oportunidad a usted y a su niño(a) de hablar sobre la importancia de la destreza socio-emocional del **conocimiento personal**.

He aquí las destrezas de educación temprana que usted y su niño encontrarán en las páginas ¡Aprendamos juntos! de *Un diente está flojo*:

• rimar
• letras mayúsculas y minúsculas
• contar

Esperamos que disfrute esta experiencia de lectura deliciosa y mejorada con su joven aprendiz.

Library of Congress Cataloging-in-Publication Data

Trumbauer, Lisa, 1963-
   [Tooth is loose. Spanish]
   Un diente está flojo/escrito por Lisa Trumbauer; ilustrado por Steve Gray.
     p. cm. — (Rookie ready to learn en español)
   Summary: Illustrations and rhyming text describe how loose teeth come out. Includes learning activities, parent tips, and word list.
   ISBN 978-0-531-26117-0 (library binding: alk. paper) — ISBN 978-0-531-26785-1 (pbk.: alk. paper)
   [1. Stories in rhyme. 2. Teeth—Fiction. 3. Spanish language materials.] I. Gray, Steve, 1950- ill. II. Title.

PZ73.T78 2011   [E]—dc22   2011011647

Reconocimientos
© 2004 Steve Gray, ilustraciones de la cubierta y el dorso, páginas 3, 5, 7, 9, 11, 13, 15, 17, 19, 21, 23, 24–26, 28–30, 32

¡Un diente está flojo!

Mudamos los dientes de leche.

¡Un diente está flojo!
A veces, es difícil comer.

¡Un diente está flojo!
Puedes moverlo.

¡Un diente está flojo!
Puedes halarlo.

**Muévelo con el dedo.
Muévelo con la lengua.**

Puedes sentir cómo se mueve. Moverlo es divertido.

Puedes moverlo
en el parque.
Puedes moverlo
en la piscina.

Espero que no se te salga cuando estés en la escuela.

¡Un diente está flojo!
Trátalo con cuidado.

21

¡El diente se desprendió!
Otro crecerá en su lugar.

23

¡Felicidades!

Acabas de terminar de leer *Un diente está flojo* y has descubierto lo divertido que puede ser crecer y cambiar.

Sobre la autora
Lisa Trumbauer es la autora de cerca de 200 libros para niños, tanto de ficción como de no ficción.

Sobre el ilustrador
Cuando Steve Gray no está ocupado dibujando y pintando, le gusta jugar golf y tocar la batería con su banda: "Flying Utensils".

Un diente está flojo

¡Aprendamos juntos!

Lávate los dientes

(Cante esta canción a la tonada de
"Rema, rema, rema tu bote").

Sólo dos veces al día,
lávate los dientes,
ponle pasta al cepillo
y quedan relucientes.

Una o dos veces al día,
cuídate los dientes,
usa el hilo dental
y quedan relucientes.

CONSEJO PARA LOS PADRES: Es importante que los niños aprendan el concepto de cuidar de ellos mismos. Es mejor enseñar los hábitos higiénicos, como bañarse y lavarse los dientes, a través del ejemplo. Lávense los dientes juntos de vez en cuando para reforzar la importancia de un cuidado dental apropiado.

Une las letras

Todos los niños en el cuento estaban mudando sus dientes de leche. Los dientes de leche son pequeños, como las letras minúsculas. Los dientes grandes son como letras MAYÚSCULAS. Sigue las letras mayúsculas en el laberinto hasta llegar al diente grande. Sigue las letras minúsculas hasta llegar al diente de leche.

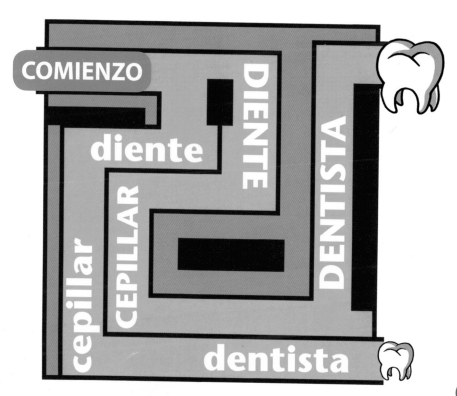

COMIENZO — diente — DIENTE — DENTISTA — cepillar — CEPILLAR — dentista

Sonrisas con dientes

¿Cuántos dientes puedes contar?

¡Mira cada una de las sonrisas! Cuenta los dientes. Luego señala en la parte de abajo de la página el número de dientes que tiene cada niño. Asegúrate de también contar el diente flojo.

CONSEJO PARA LOS PADRES: ¿Cúantos dientes tiene su niño(a)? Ayude a su niño(a) a contarse los dientes. Puede que necesiten un espejo.

5   10   11   12   6

Las elecciones saludables

En el cuento, cada niño mudó un diente. Pero uno nuevo crecerá en su lugar. Las frutas, los vegetales y la leche ayudan a mantener los dientes fuertes. Las comidas azucaradas y las bebidas enlatadas pueden causar caries.

Mira los dos alimentos en los recuadros rojos, azules y verdes. Señala cuál es la elección saludable en cada uno.

CONSEJO PARA LOS PADRES: Aproveche esta oportunidad para hablar con su niño(a) sobre por qué es importante escoger comidas saludables mientras crece: para evitar las caries y tener huesos fuertes. Entonces hablen sobre otras opciones saludables que tiene su niño(a), como ejercitarse y lavarse los dientes.

La caja para guardar tus dientes

¿Qué haces cuando se te cae un diente? Puedes guardar tu diente en un lugar especial y seguro.

VAS A NECESITAR: una caja pequeña   marcadores

botones   **pegamento**   **sobres pequeños**

1 Asegúrate de que tu caja está limpia. Decórala y escríbele tu nombre encima.

2 Cuando se te caiga un diente, métele en un sobre y escríbele la fecha.

CONSEJO PARA LOS PADRES: Una de las ocasiones en que los niños perciben los cambios en sí mismos y en otros a su alrededor es cuando se les caen los dientes de leche. Para algunos niños, mudar los dientes de leche es una señal de que se están convirtiendo en "niños grandes". Otros pueden ponerse nerviosos con este momento importante de la infancia. Mientras ayuda a su niño(a) a construir esta caja, converse sobre lo que representa para él o ella el crecimiento.

3 Guarda el diente en tu caja para mantenerlo seguro.

Lista de palabras de Un diente está flojo

(46 palabras)

a	divertido	los	se
comer	el	lugar	sentir
cómo	en	moverlo	su
con	es	mudamos	te
crecerá	escuela	mueve	trátalo
cuando	espero	muévelo	un
cuidado	está	no	veces
de	estés	otro	
dedo	flojo	parque	
desprendió	halarlo	piscina	
diente	la	puedes	
dientes	leche	que	
difícil	lengua	salga	

CONSEJO PARA LOS PADRES: ¡Un diente está flojo y se mueve! Estas palabras son divertidas. Señale las palabras en la lista e invite a su niño(a) a aflojar y mover todo su cuerpo.